tiré à 100 ex
d'après Talvart

FRAGMENTS.

Par P. Sim. Ballanche,
d'après Barbier.

DE L'IMPRIMERIE DE P. DIDOT L'AÎNÉ.

FRAGMENTS.

A PARIS,

CHEZ ANT.-AUG. RENOUARD, LIBRAIRE,
RUE SAINT-ANDRÉ-DES-ARCS, N° 55.

M. DCCCXIX.

FRAGMENTS.

~~~~~~~~~~~~~~~~~~~~~~~~~~~~~~~~~~~~~~

PREMIER FRAGMENT.

28 mai 1808.

Souffle du printemps, pourquoi viens-tu murmurer à mon oreille le bonjour matinal? Tu m'apportes bien les douces émanations des fleurs; mais tu as oublié les riantes illusions de l'avenir. J'ai reconnu que le bonheur étoit une plante étrangère, qui croît dans les champs du ciel, et qui ne peut s'acclimater sur la terre. Souffle du printemps, laisse-moi.

Jadis dans mes longues rêveries j'arrangeois le monde au gré de mes desirs; j'y cherchois ma place, et l'espé-

rance cherchoit avec moi en souriant.
Bientôt je fus détrompé, et je compris
le secret renfermé dans les paroles mé-
lancoliques de Job. Cette tristesse des
hommes qui ont sondé les abymes
du cœur et qui ont étudié les choses
de la vie, ne me surprit plus.

Les merveilles de la nature, les créa-
tions du génie venoient encore quelquefois enchanter mon imagination;
mais c'étoit un plaisir vide et de courte
durée. Assis à un banquet, ma tête se
retiroit en arrière, et je refusois de
prendre part à la joie des convives,
parceque je devinois que cette joie n'é-
toit qu'apparente.

La présence des hommes me fati-
guoit, et j'étois mal lorsque j'étois
seul. Je m'interrogeai, et je crus qu'il
me falloit cette douce société établie

par Dieu même, cette société qui est le charme de la solitude, et qui est en même temps une solitude, mais aimable, mais animée.

Je jetai les yeux autour de moi, et j'allois demandant la femme selon le cœur de l'homme de bien, celle qui devoit rendre au zéphyr son souffle élyséen; aux fleurs, leurs parfums; à toute la nature, sa magie; enfin à mes pensées, leur calme et leur jeunesse.

Je me lassai de chercher. Ma voix ne savoit plus former que des soupirs, et mon oreille ne savoit plus ouïr que des gémissements. J'étois comme le palmier du désert qui est destiné à avoir une existence stérile, et à mourir ignoré après avoir bu pendant quelques jours les larmes de l'aurore.

Pourquoi s'obstiner à ne voir l'ave-

nir que dans la vie? Eh! réfugions-
nous dans cet autre avenir qui est au-
delà! Ainsi, peut-être, j'étois près de
m'accoutumer à cet état de vide et de
délaissement. J'avois cessé de me confier à l'espérance, et j'avois pris en pitié
les destinées humaines.

Cependant un jour, une voix arrive
jusqu'à mon cœur; et ce son ravissant
qui sembloit détaché d'une harpe cé-
leste, me révèle tout-à-coup une existence nouvelle. La voilà, me dis-je en
moi-même, la voilà celle que Dieu m'a
promise. Elle a été mise sur la terre
pour partager ma bonne et ma mau-
vaise fortune, pour donner un motif
à mes actions et un but à mes pensées.

Mes jours lui seront consacrés, elle
saura tous les secrets de mon ame. Mes

ennuis s'évanouiront devant le charme de ses paroles. Je la mettrai entre
le ciel et moi pour conjurer le malheur.

Mais le malheur ne l'a pas respectée
elle-même. Cette douce et innocente
victime n'est point étrangère aux choses de la douleur : j'ai vu des larmes
dans ses yeux, et déja son cœur a connu l'amertume de la vie.

2

~~~~~~~~~~~~~~~~~~~~~~~~~~~~~~~~~~~~~

DEUXIÈME FRAGMENT.

23 juillet 1808.

J'ai cru un instant que le bonheur alloit luire sur ma triste vie, ma poitrine commençoit à ne plus gémir si profondément; cependant je ne sais quelle voix intérieure me crioit de me méfier de cette nouvelle ruse de l'espérance. Mais le cœur de l'homme est si facile à se laisser décevoir, que je fermois l'oreille à cette voix importune, et que, jetant derrière moi cette terrible expérience des destinées humaines, je me mettois comme auparavant à composer mon avenir à mon gré.

Autrefois, au fond de la vallée solitaire, je me plaisois à entendre le bruit
des zéphyrs se jouant dans le feuillage
des arbres, pendant qu'une source s'é-
chappoit en murmurant d'un rocher.
Dans ma rêverie, je me figurois deux
jeunes filles pleines d'innocence et de
beauté, assises au bord du ruisseau,
et se faisant à voix basse de douces
confidences; ou deux sylphes se racon-
tant leurs aventures aériennes.

Plus avancé dans les secrets de la
vie, j'ai comparé ces sons vagues aux
vains desirs du cœur. Toute cette poésie fantastique du jeune âge s'est éteinte, mon imagination n'a plus vu que
les choses réelles; et les voix du fond
de la vallée ne m'ont plus rappelé que
ce gémissement douloureux dont parle
Milton, et que poussa la nature au

moment où nos premiers parents furent exilés d'Éden.

Lorsque vous prévoyez un événement qui doit combler tous vos vœux, dites : Ou cet événement n'aura pas lieu, ou je l'achéterai à un prix qui me le rendra bien amer. En effet, lequel parmi les hommes peut se promettre de faire exception à la commune loi ? N'avons-nuos pas tous reçu le don des larmes ? et fragiles nous-mêmes, ne sommes-nous pas tous entourés de choses fragiles ? Ne nous plaignons pas d'inégalités dans la dispensation des biens et des maux, parceque cette plainte accuseroit injustement le ciel.

Nous manquons de mesure pour apprécier la somme de bonheur ou de malheur qui est réservée à chaque homme. La misère et la pauvreté habitent chez le riche, et les heureux du siécle sont en proie à de poignantes dou-leurs ignorées des misérables. Nous ne voyons que les choses extérieures, les choses secrètes et intimes nous échap-pent. Le rire cache souvent des peines, et le bonheur est quelquefois austère et sérieux. De beaux paysages couvrent un volcan; le *lacryma christi* mûrit sur les flancs du Vésuve.

Nous serions bien moins étonnés de souffrir, si nous savions combien la douleur est plus adaptée à notre na-ture que le plaisir. L'homme à qui tout succéde selon ses vœux, oublie de vi-vre. La douleur seule compte dans la vie, et il n'y a de réel que les larmes.

~~~~~~

TROISIÈME FRAGMENT.

24 août 1808.

Qu'importe, pour le peu que dure la vie, qu'elle ait des couleurs plus ou moins prononcées, qu'elle soit plus ou moins pleine de faits? Et qu'il est vain ce desir de vivre chez les siécles futurs, qui tourmente quelques hommes! Insensé, qui consume ses jours pour apprendre à la postérité les deux ou trois syllabes muettes qui composent son nom! Qu'est devenue la cendre d'Homère? Qu'est devenue la poussière qui fut Alexandre?

C'est ainsi que s'exprime une philo-

sophie vulgaire : il est si facile de ne
mépriser dans la vie que les choses
éclatantes ! Mais cette autre philosophie qui enseigne à mépriser aussi les
choses douces et aimables, à se méfier
des illusions, à redouter les promesses
de l'espérance, à apprécier les féeries
de l'imagination, cette philosophie sé-
vère et importune est bien moins ordinaire, et elle est beaucoup meil-
leure.

Qu'importe donc le plus ou le moins
de douleur, le plus ou le moins de plaisir ? Que l'homme soit heureux ou
malheureux, le temps est également
hors de son pouvoir. Les instants succèdent aux instants, les jours aux jours,
les années aux années ; et il vient bientôt une année qui est la dernière, un
jour qui est sans lendemain, un in-

stant qui n'est suivi d'aucun instant.
Alors le plaisir et la douleur ne sont
plus qu'un songe, et la vie un souvenir
confus.

Nulle créature n'est seule pour la
douleur; elle souffre, et elle fait souffrir. Si l'homme savoit combien toutes
les affections sont redoutables, il fui-
roit dans un désert pour n'en former
aucune; il s'arracheroit de bonne heure à celles dont il auroit contracté la
douce habitude en naissant. Il faut que
tôt ou tard il jette le désespoir dans
l'ame des êtres qui lui sont chers; ou
qu'il soit lui-même en proie au désespoir, à cause d'eux. Dès qu'il commence à sourire, voilà le malheur, voilà
les maladies, voilà la mort qui choisit
une victime à côté de lui et dans son
cœur.

Les douleurs du corps sont finies, mais les tristesses de l'ame et les ennuis du cœur n'ont point de bornes. Les forces du corps s'épuisent dans la douleur physique, et la souffrance cesse par son excès : la douleur de l'ame donne une nouvelle énergie à la force vitale, et le flambeau de l'existence qui paroissoit près de s'éteindre se rallume de nouveau. La douleur physique a toujours des gémissements à exhaler, des larmes à répandre ; la douleur morale n'a souvent ni la consolation des gémissements, ni le soulagement des larmes.

Mais ne suis-je point ici rebelle à ces deux philosophies, l'une vulgaire, et l'autre sublime, dont je viens d'exagérer peut-être les austères leçons? En effet, au moment même où je vou-

3

drois briser le mobile de tant de nobles pensées, et tarir la source de tant
de sentiments consolateurs, il me semble que j'entends au fond de mon ame
une voix qui murmure et qui m'accuse
d'injustice.

Ah! malgré les tourments qui sui-
vent nos affections, ne redoutons pas
d'en former, puisque notre cœur est
fait ainsi, qu'il ne peut s'en passer.
Au risque de rencontrer la douleur,
abreuvons-nous de ces doux sentiments
que Dieu créa pour nous donner sans
doute l'idée d'une félicité à laquelle
il ne nous est pas permis d'atteindre
sur la terre.

De quel droit encore voudrions-nous
que ceux qui ont reçu ce don d'en
haut, qui fait desirer de vivre dans la
mémoire des hommes, refusassent la

brillante auréole de la renommée? Le
desir de la gloire n'est autre chose que
le sentiment de la vie qui essaie de re-
pousser la mort, l'instinct d'une grande ame qui pressent son immortalité.

Si j'avois deviné, sans m'en douter,
la cause secrète du chagrin dont je
m'occupe quelquefois à confier l'expression à des feuilles volantes! Ne
seroit-ce point la crainte d'être obligé
de renoncer à tout ce qui fait l'enchantement de la vie, et de marcher désormais solitaire dans un chemin dé-
pouillé de fleurs? Raison incertaine,
voilà tes belles théories! Philosophie
orgueilleuse, voilà tes savants calculs!

Combien l'homme est sujet à l'erreur! Il ne sait jamais ce qu'il veut, ni
ce qu'il desire. Il se trompe sur les
choses les plus intimes de son cœur.

Il faut qu'il se méfie et de ses sentiments les plus généreux, et de l'appré-
ciation qu'il en fait. Peut-être devroit-il
redouter même les conseils de la ver-
tu, tant sa misère est profonde, tant il
ignore ce qui est bien !

~~~~~~~~~~~~~~~~~~~~~~~~~~~~~~~~~~~~~

QUATRIÈME FRAGMENT.

5 novembre 1808.

Témoin des succès de l'impie, témoin de la prospérité des méchants, le patriarche de l'Idumée osoit élever sa voix contre l'éternel Dispensateur des biens et des maux; mais Dieu disoit à Job : « Qui es-tu pour que je « te rende compte de mes desseins? « où est ta puissance pour créer et pour « conserver? et qu'est ta sagesse pour « juger la mienne? Lorsque tu étois « dans le néant, pouvois-je te consulter? »

En effet, Dieu a-t-il promis à l'homme d'obéir à tous ses desirs? A-t-il promis d'être l'esclave de toutes les volontés de sa créature? Ces desirs de la chair, ces volontés de la poussière doivent-ils être de quelque poids dans les décisions de la Providence? Cette providence de Dieu existoit avant la naissance de celui qui se plaint, et elle a tout prévu. Dieu sait mieux ce qu'il faut à l'homme que l'homme ne le sait lui-même.

Être vain et passager, tu t'étonnes de la misère de tes destinées, comme si ton Créateur n'avoit que la durée de ta courte vie pour les remplir. Tu t'étonnes des triomphes du méchant et des malheurs du bon, comme si l'Éternel devoit se hâter de saisir un instant fugitif. Dieu a-t-il besoin de compter les jours? voit-il dans l'incertitude se lever chaque aurore? craint-il que, durant les ténèbres de la nuit, le sommeil ne vienne suspendre le travail de sa pensée? son œil mesure-t-il avec inquiétude le terrible sablier des heures?

Dieu étoit hier, il est aujourd'hui, il sera demain; il punit et il récompense quand il lui plaît, parcequ'il a dans ses mains les trésors de l'éternité. Pourquoi puniroit-il aujourd'hui, puisque demain le méchant peut changer? pourquoi récompenseroit-il aujourd'hui, puisque demain le juste peut prévariquer? pourquoi enfin le repentir seroit-il refusé au méchant, et pourquoi la persévérance seroit-elle enlevée au juste?

Encore, homme juste, qu'est ta justice? homme bon, qu'est ta bonté? Tu te plains! Eh! malheureux, apprends donc, par cela même, que tu n'as pas le droit de te plaindre; car si ta bonté et ta justice étoient quelque chose, elles rempliroient ton cœur, elles suffiroient à ton ame. Mais tes murmures accusent ta conscience. Tes vertus ne sont pas réelles, puisqu'elles te permettent d'apercevoir les fautes de tes semblables; elles ne sont pas pures, puisque tu demandes ton salaire avant de savoir si tu l'as mérité.

~~~~~~

CINQUIÈME FRAGMENT.

24 décembre 1808.

Le printemps a fui, l'été lui a suc-
cédé, et maintenant voici l'hiver. Le
printemps reviendra couronner la terre de fleurs, les beaux jours renaîtront,
mon cœur restera flétri. La courte vie
de l'homme contient une vie plus courte encore qui s'est éteinte en moi, c'est
celle des illusions.

La nature est désenchantée, l'avenir
est sans prestiges, l'espérance n'a plus
de promesses; mon imagination mé-
connoît l'idéal qu'elle-même créa, et
mon ame est en proie à une tristesse

4

dont elle ne peut pas prévoir le terme. Il est des blessures qui ne se cicatrisent jamais; il est des larmes qui sont toujours amères.

Certaines douleurs ne sont pas sans un charme vague et inexprimable auquel on aime à se livrer; mais il est d'autres douleurs qui sont dénuées de cet alliage triste et doux en même temps, qui seul pourroit les faire supporter, des douleurs dont on voudroit pouvoir anéantir le souvenir, quand l'orage qui les a amenées sur nous est passé.

On ne rêve qu'une fois le bonheur. En effet, lorsqu'on a cru l'apercevoir et qu'on a reconnu son erreur, où pourroit être le garant d'autres espérances si on avoit encore la foiblesse d'en former? L'amandier qui s'est trop confié aux promesses d'un zéphyr trompeur, perd ses fleurs précoces; et le raisin ne mûrira pas sur la vigne qui a été surprise par la gelée de mai. L'hiver durera toute l'année.

L'homme s'étonne des choses les plus simples et qui sont le plus dans le cours ordinaire de la nature. Il sait, par une expérience constante, que deux jours ne se ressemblent point, que les saisons succèdent aux saisons, et que le temps dévore incessamment sa vie fragile. Il le sait, et cependant il ne peut pas s'accoutumer à voir un jour nébuleux suivre un jour serein; la neige et les frimas l'attristent chaque année; et il s'indigne de ne pas toujours être dans la vigueur de l'âge. Il oublie aussi à chaque instant que le malheur est une des conditions aux-

quelles Dieu lui a donné une âme im-
mortelle.

Combien j'ai déja vu tomber de nobles et dignes créatures! Avant de suc-
comber, elles ont beaucoup souffert.
C'est une espèce de soulagement de
penser que le plus souvent, hélas! la
mort est une délivrance. Ne voyons-
nous pas des êtres que le ciel semble
marquer comme des holocaustes d'ex-
piation pour le reste des hommes?
N'en voyons-nous pas aussi qui se re-
tirent de la foule, et qui aiment à s'as-
seoir sur la pierre solitaire du tombeau
pour y méditer plus à leur aise? Il est
des victimes qui sont saisies comme
dans un orage; il en est d'autres qui
avalent lentement la coupe amère jusqu'à la lie.

Qui ne sait l'histoire de cette subli-

me Clarisse, de cette fille angélique,
dont Lovelace disoit : « Très certai-
« nement je connois son père et sa
« mère, je connois la plupart de ses
« parents, je connois enfin des gens qui
« l'ont vue grandir. Belfort, j'ai parlé
« à l'heureuse femme qui lui a donné
« son lait. Il est donc bien vrai qu'elle
« a été mise sur la terre comme les au-
« tres enfants des hommes! » Clarisse
fit une seule faute, une faute qui n'eût
été pour une autre qu'une légère im-
prudence. Eh bien! voyez comme elle
a expié cette faute unique. Un être si
parfait ne pouvoit rentrer en grace
avec lui-même par un simple acte de
repentir. Eh! chose étrange! il y a une
sorte de sentiment plein de rigueur,
sans doute, mais peut-être aussi plein
de justice, qui ne se seroit pas con-

tenté de l'immolation de la vie de Clarisse. Il falloit que non seulement elle connût le repentir et la douleur, il falloit encore qu'elle connût la honte!

La perfection est un privilége si rare qu'il ne sauroit être trop acheté, et que lorsqu'on y porte atteinte, on ne sauroit être trop puni. Apprenons donc à être sobres dans nos jugements; car toutes les fautes sont relatives, et leur gravité tient souvent à des rapports que nous ignorons. Soyons indulgents, puisque les êtres les plus parfaits ne sont pas exempts de faute.

Foiblesse et malheur, voilà toute notre histoire.

~~~~~~~~~~~~~~~~~~~~~~~~~~~~~~~~~~~~~~~

SIXIÈME FRAGMENT.

28 janvier 1809.

Un des plus beaux récits que nous ait laissés l'antiquité, est celui des malheurs d'Orphée. Qui n'a pas été ému par les chants du cygne de Mantoue? Qui n'a pas senti résonner au fond de l'ame cette douce musique, cette harmonie touchante d'une poésie si mélodieuse?

L'ancien législateur de la Thrace éprouva un autre sentiment plus doux que celui du desir de la gloire : il pui-

soit sur les lèvres d'Euridice le double
enchantement de l'amour et du génie;
mais bientôt il connut la douleur, la
douleur, ce terrible tribut qui est levé
indistinctement sur tous les hommes.
La mort lui enleva son épouse : elle
étoit dans tout l'éclat de la jeunesse et
de la beauté; et elle disparut de dessus
la terre, comme une de ces ombres
aimables qui apparoissent quelquefois
sur un rayon du soir, et que les ténèbres enveloppent, à l'instant même,
de leur lugubre manteau.

Orphée resta seul. Sa lyre alors, au
lieu de redire, comme auparavant, les
charmes de l'amour, les douceurs de
cette vie de l'homme uni à la compagne que son cœur a choisie, sa lyre
étoit devenue muette. Il se plaignoit
de son malheur aux arbres de la fo-

rêt, il s'en plaignoit aux astres silen-
cieux de la nuit, il s'en plaignoit à la
nature entière.

Enfin, il résolut d'aller chez les
morts pour y retrouver Eurydice, et
la ramener sur la terre, ou errer avec
elle sur les tristes bords de Léthé. Le
dieu du sombre empire se laissa atten-
drir, et il rendit à Orphée l'épouse que
pleuroit ce poëte inconsolable; mais
il mit à ce bienfait une condition qui
devoit le rendre bien amer. Image
trop vraie des destinées humaines, qui
n'accordent jamais de faveur pure et
sans mélange!

« Va, emmène ton épouse, mais
« garde-toi de jeter sur elle un œil in-
« discret, tant que tu seras dans ces
« affreuses demeures où l'amour est
« ignoré. Tes regards, qui exprime-

5

« roient toute l'ivresse d'un bonheur
« qu'on ne connoît plus ici, et où se
« peindroient toutes les illusions de
« l'espérance auxquelles on a renoncé;
« tes regards attristeroient encore les
« mânes lamentables, malheureux ha-
« bitants de mes déplorables royau-
« mes. Va, c'est à regret que je rends
« ma proie. »

Orphée se soumit à cet arrêt rigou-
reux. Il marchoit en silence : étonnée
de tant de merveilles, les paupières
encore oppressées du sommeil de la
tombe, et le cœur plein d'une joie
dont ses sens qui commençoient seulement à renaître, ne pouvoient sa-
vourer toute la plénitude, Eurydice
suivoit son époux. S'il étoit possible
de dire tout le charme de ce voyage
merveilleux, et d'exprimer ce trouble

ravissant, ce calme plein d'inquiétude
qui accompagnoit le couple mélancolique, il seroit possible aussi de raconter le rêve du jeune homme qui
s'est endormi au fond de la vallée solitaire, après avoir vu pour la première fois celle qui doit faire le destin
de sa vie.

Déja les ombres devenoient moins
opaques; déja un foible crépuscule,
détaché des rayons du soleil, arrivoit
jusqu'aux yeux des deux nobles créatures qui s'avançoient vers la lumière
du jour. Un instant encore, et elles
échappoient à la puissance du dieu
des morts : elles touchoient au seuil
du séjour des vivants. Mais, ô foiblesse
d'un cœur qui aime! Orphée s'arrête
pour écouter le soupir qui erroit sur les
lèvres d'Eurydice, pour prêter l'oreille

au léger frôlement de ses vêtements
aériens. Vaincu par cette puissance
contre laquelle l'homme lutte en vain,
il se retourne; et, oubliant sa fatale
promesse, il permet à son regard d'in-
terroger, à la faveur de la clarté nais-
sante, les plis du voile qui lui cachoit
le visage de son épouse, de cette touchante victime qu'il avoit tant pleu-
rée.

Hélas! il l'entrevoit à peine. Eurydice lui est ravie de nouveau, et lui
est ravie à jamais. Elle s'évanouit
comme un songe vain qui fuit aux
premiers rayons de l'aurore; et sa parole plaintive, inarticulée, meurt dans
le vague des airs, semblable à la dernière vibration d'une corde harmo-
nieuse.

Telle est l'histoire d'Orphée, racon-

tée d'âge en âge. La fable y a mêlé ses
aimables mensonges; mais le fond en
est vrai, car les larmes sont de tous
les temps. L'antiquité nous fait la con-
fidence de ses ennuis, pour charmer
les nôtres, sans doute. Il y a sur la
terre comme un long gémissement qui
se traîne de génération en génération, depuis les premiers mortels jusqu'à nous. La poitrine de l'homme est
un instrument qui n'a su rendre jamais que des sons plaintifs, et son
cœur ne peut se mettre en harmonie
qu'avec la douleur. Voilà pourquoi les
récits empreints de tristesse et de souffrance vivent dans sa mémoire. Les
autres sont dénués de charme et de
poésie; ce sont des contes qui amusent
un instant son enfance, alors que l'expérience n'a pas encore détruit ses

illusions, alors que sa jeune imagination sourit à l'avenir.

Comme que nous fassions, quelle
que soit la route que nous ayons choisie, nous sommes toujours déçus : la
douleur, sentinelle vigilante, garde
toutes les avenues du bonheur; c'est
l'épée de feu du chérubin qui défend
l'entrée d'Éden.

Si Orphée n'eût point connu Eurydice, il auroit ignoré ce qu'il y a de
plus amer dans la source des larmes;
mais auroit-il pu étouffer en lui cette
voix intime, si impérieuse, qui de-
mande une compagne et une postérité; une compagne pour lui raconter
toutes les choses secrètes qui sont au
fond du cœur; une postérité, pour
continuer ses espérances au-delà du
tombeau? Son existence fût demeurée

incomplète; et il auroit, au lieu de
la douleur dont il fit une épreuve si
cruelle, connu cette autre douleur qui
n'a pas moins d'intensité, la solitude
de l'ame.

~~~~~~~~~~~~~~~~~~~~~~~~~~~~~~~~~~~~

SEPTIÈME FRAGMENT.

20 septembre 1809.

Ils se sont donc évanouis pour jamais les rêves de la jeunesse ! Je cherche au dedans de moi les traces fugitives des douces impressions que j'éprouvois naguère ; mais elles m'échappent incessamment, et bientôt il ne m'en restera que le souvenir confus.

Ainsi lorsque nous avons entendu une musique agréable, nous nous recueillons en nous-mêmes pour ne pas laisser s'échapper le plaisir que nous venons d'avoir : notre oreille séduite croit, pendant quelques instants, sentir toujours les harmonieuses vibrations de l'air; mais enfin il faut renoncer à cette dernière ressource de nos sens abusés. Le concert a cessé, la douce émotion qu'il avoit fait naître s'efface peu-à-peu, et finit par s'éteindre tout-à-fait.

Voyez cette rose superbe, image charmante de la beauté : à l'instant même où nous admirons le plus son éclat et sa fraîcheur, elle commence à se flétrir. Elle a déja perdu ce qui faisoit tout à l'heure le charme de nos yeux; nous ne nous en apercevons pas encore, et l'odeur suave qu'elle continue de répandre autour d'elle sert à prolonger une erreur qui nous plaît. Mais un moment de plus, et nous chercherons en vain la reine des fleurs.

6

Oh! combien sont insensés les projets de l'homme! et combien sont misérables ses espérances! Combien est
vrai ce que disoit autrefois le vieux Ja-
cob au premier des Pharaons: « L'hom-
« me né de la femme ne vit que peu
« de jours, et ces jours sont remplis
« d'amertume. Sa vie est comme un
« souffle qui passe, comme une ombre
« qui disparoît. »

Montrez-moi celui qui a pu arriver
à trente ans sans être détrompé. Montrez-le-moi ce mortel privilégié: son
imagination a tenu toutes ses promesses; l'amour l'a conduit par la main;
heureux époux, père plus heureux encore, il n'a acheté par aucun tourment
le charme des affections du cœur; il a
connu les agréments de la société sans
ignorer les plaisirs de la solitude; il

n'a rencontré sur sa route que des
hommes bons et généreux; et lui-même n'a jamais vu au fond de son ame
que des pensées douces et calmes qu'il
s'est plu à entretenir; il a joui de ses
souvenirs comme il avoit joui de ses
espérances; il a trouvé dans le passé
le gage de l'avenir : montrez-le-moi!

Vous riez en gémissant! Vous ne
savez où trouver cette créature excep-
tée de la commune loi; c'est qu'en effet elle n'existe point, elle n'a jamais
existé. Un déluge de maux couvre la
terre : une arche flotte au-dessus des
eaux, comme jadis celle qui portoit la
famille du juste; mais cette arche-ci
est demeurée vide, nul n'a été jugé
digne d'y entrer.

Si le repos ne fuyoit que les hautes
conditions de la société; si les hom-

mes élevés par leur génie, par leur rang, par leurs richesses, au-dessus des autres hommes, étoient seuls malheureux, sans doute on s'y accoutumeroit. On croiroit alors que les avantages dont ils jouissent ne sauroient être assez chèrement achetés; on leur laisseroit avec joie et les persécutions de l'envie, et les tourments de l'ambition, et le supplice des espérances trompées. Du moins le reste des humains auroit de quoi se consoler de l'état obscur où il auroit été placé par le destin : on pourroit mépriser à son aise le pouvoir, la gloire, la renommée, et la somptuosité de la table, et le luxe des vêtements, et la magnificence des palais. Mais il n'en est pas ainsi. La douleur est par-tout : le fils de la femme gémit sous le chaume et sous les lambris dorés; l'homme de bien a ses inquiétudes, le coupable a ses remords ; le riche est indigent comme le pauvre.

Philosophes, vous me faites pitié avec vos mépris superbes! Eh! puisqu'un état obscur ne nous met pas à l'abri des chagrins, qu'a-t-il donc qui doive nous le faire préférer à tout autre? Vous semblez dédaigner et la gloire et la fortune; ce n'est pas cela seulement qu'il faut dédaigner, c'est la condition humaine qu'il faut plaindre. Le bonheur ou le malheur ne consiste pas dans les choses extérieures, mais dans les choses intérieures et intimes; il est indépendant de l'éclat ou de l'obscurité de notre vie. Quant à vous, dépouillez-vous, si vous pouvez, de votre orgueil, car voilà pour

vous la plaie secréte que vous nous ca-
chez.

Maintenant donc, puisque tout enchantement est détruit, que me reste-
t-il à faire sur ce grain de sable qu'on
appelle la terre? Il me reste à me confier doucement aux promesses immor-
telles qui sont faites à l'homme, et qui
doivent s'accomplir au-delà du tombeau.

~~~~~~~~~~~~~~~~~~~~~~~~~~~~~~~~~~~~

HUITIÈME FRAGMENT.

25 octobre 1809.

C'est bien inutilement que l'homme se promet de ne plus nourrir dans son cœur, de vains desirs, et dans son ame, de trompeuses illusions. Séduit tous les jours par les mêmes ruses de l'espérance, tous les jours il se laisse enlacer comme un enfant, dans les rêts trop séduisants de cette enchanteresse. Au moment où il s'éveille d'un songe agréable, il s'efforce de fermer de nouveau les yeux pour ressaisir la chimère dont il fut le jouet pendant son sommeil. Et parceque ses infortunes

semblent tenir à des circonstances qui
en effet auroient pu ne pas exister, il
va presque jusqu'à s'imaginer que le
malheur fait exception à la commune
loi, que le bonheur est la chance na-
turelle de la vie.

Un jeune homme et une jeune fille
s'aimoient. Le rang de leurs familles
n'étoit pas le même, et leur fortune
n'étoit pas égale. Mais, pleins de can-
deur et d'innocence, ils ne s'étoient
point armés contre le nouveau sentiment qui avoit pris naissance en eux à
leur insu. Comme ils étoient sans expérience, ils ignoroient que l'amour
ne suffit pas pour assurer le bonheur.
Ils ignoroient aussi que nos penchants,
même les plus légitimes, doivent quelquefois céder aux convenances établies
qui sont, dans l'état actuel de la so-

ciété, la sauvegarde de l'ordre et des
bonnes mœurs. Lorsqu'ils connurent
les obstacles qui s'opposoient à leur
union, ils s'en affligèrent et n'en mur-
murèrent point. La sagesse du siécle
ne leur avoit point révélé cette haute
doctrine qui prétend nous soustraire
à la tyrannie des préjugés, et qui nous
enseigne en même temps à douter de
la tendresse de nos parents, et à nous
méfier de leur prudence.

Sans consumer son temps en lâches
plaintes, ou en ces faciles déclamations
qu'on a trop répétées de nos jours, le
jeune homme forme le dessein d'aller
tenter la fortune sous un autre hémi-
sphère. Sans doute, à son retour, la
main de son amie sera le prix de ses
travaux et de sa constance : cette pensée du moins soutient son courage.

7

Elle, douce complice d'un si charmant
projet, et, comme lui, pleine de
confiance, reçoit les serments du voyageur, et lui confirme à son tour le don
de sa foi.

Le voilà parti accompagné de mille
vœux, et nourrissant dans son cœur
agité des inquiétudes et des espérances égales. Une heureuse navigation le
porte bientôt sur le rivage desiré. Déja
trois années sont écoulées, trois années bien courtes, quoique chaque jour
n'ait été composé que de longues heures. La fortune lui a souri; il revient
comblé de ses faveurs. Mais son étoile
pâlit sur les mers ; une effroyable tem-
pête se joue de son frêle navire; c'en
est fait de tous les rêves de félicité:
le malheureux périt à la vue du port.

Cependant Nina (ce nom n'est point

inconnu, et l'histoire dont je retrace
ici quelques traits est déja célèbre),
Nina voyoit arriver avec ravissement
le terme d'une si longue absence. Des
lettres lui avoient appris et les rapides
succès de son futur époux, et son départ du lieu de son exil, et le temps de
son retour. Trop de joie étoit dans son
cœur, et cette joie se changeoit presque en tristesse, tant la nature humaine est inhabile à supporter l'at-
tente d'un grand bonheur! Nina d'ail-
leurs, mieux instruite, commençoit à
se méfier de ce qu'il y a d'aimable et
de séduisant dans ces promesses d'un
avenir qui peut s'éloigner sans cesse, et
finir par nous échapper. Le terrible
pressentiment des destinées humaines
l'oppressoit malgré elle. Le bruit du
vent qui arrivoit à son oreille avoit

quelque chose de plaintif; et sur le rocher solitaire où elle alloit rêver, elle
croyoit entendre de lointains gémissements. Des larmes involontaires mouil-
loient ses yeux; mais elle essayoit de
se rassurer, en comptant les jours, les
heures, les instants qui la tenoient encore séparée de son bien-aimé.

Elle arrive ainsi jusqu'au jour où elle
croit pouvoir enfin se dire à elle-même : *Il viendra demain.*

Hélas! il n'y avoit plus de lendemain pour lui. Elle l'attendit jusqu'au
soir du jour si long-temps desiré; et,
le soir, elle dit avec une tristesse infi-
nie : *Sans doute il viendra demain.* Les
jours suivants ne furent pas plus heureux.

Dès lors des journées semblables se
succédèrent les unes aux autres, sans

que Nina pût être désabusée par la prolongation de l'absence de l'être adoré qui n'étoit plus. Elle ne recevoit point de lettres, mais elle relisoit toujours celles qu'elle avoit reçues auparavant; et les anciennes promesses devenoient des promesses de la veille. Le temps, pour elle, ne se composoit que de deux époques très rapprochées; car le passé étoit tout entier dans un jour, et l'avenir dans un autre jour.

Tous les matins elle se levoit avec l'aurore, elle se paroit, elle mettoit dans ses cheveux des fleurs nouvelles, et elle alloit sur le chemin par où elle croyoit toujours que le maître de ses pensées arriveroit; tous les soirs, frustrée d'une si charmante espérance, elle se retiroit en disant, avec un sentiment inexprimable qui s'étoit changé

peu-à-peu en une douloureuse résigna-
tion : *Il viendra demain.* On la voyoit
passer ainsi, le matin et le soir, à
l'heure accoutumée, dans une attitude
pensive et mélancolique; mais cette
figure touchante, de qui n'approche-
ra plus désormais l'aimable sourire,
avoit quelque chose de plus calme
le matin, et de plus profondément
triste le soir. Les jeunes filles se disoient avec attendrissement : « Pauvre
« Nina, elle est devenue folle! » Les
hommes se disoient aussi entre eux
avec pitié : « Nina ne veut pas com-
« prendre que son amant est mort;
« l'infortunée, elle est devenue folle! »

Elle est folle, disoient-ils tous en
s'enorgueillissant follement de leur raison. Oh! qu'il y a de quoi gémir de
penser à cette foiblesse humaine qui

tantôt accuse, et tantôt est accusée, et qui ne devroit que se plaindre!

Les jeunes filles sont sans expérience, mais les hommes ne sont pas mieux instruits. Si Nina fut folle, sommes-nous sages, nous qui nous confions sans cesse à des espérances qui sont sans cesse trompées? et n'allons-nous pas chaque jour au-devant d'un fantôme créé par notre imagination? Du moins Nina avoit reçu les serments de celui qui devoit être son époux: et rien sur la terre n'est plus facile à croire, parceque rien n'est plus doux à l'ame que les promesses de l'être à qui l'on a confié son avenir. Inconséquents que nous sommes! nous caressons dans l'intimité de notre cœur des projets dont nous ririons si nous pouvions les voir former par d'autres. Nous méprisons dans autrui nos propres misères.

Mais je sens combien est insensé l'étrange soin que je prends ici de discréditer les rêves de l'espérance. Nul ne sera désabusé, car je ne le suis point moi-même : et, faut-il le dire? peut-être ne m'en occupé-je tant, que parceque je suis moins près que tout autre de remporter une aussi triste victoire. Ce n'est pas celui qui parle le plus de sa liberté recouvrée, qui est le plus affranchi du joug d'une infidèle maîtresse. Qu'il me soit permis néanmoins d'ajouter quelques couleurs au tableau que j'ai entrepris de tracer : l'histoire d'Hermann et de Dorothée va me les fournir.

Hermann est conduit par sa rêverie au bord d'un limpide ruisseau. Là il s'assied et contemple avec un charme

secret l'onde qui fuit en murmurant.
Il roule dans sa tête les années sitôt
écoulées de son enfance, et les souvenirs bien récents encore de sa fugitive
adolescence. Il repasse dans sa mémoire ses premières impressions, ses
premiers plaisirs, ses premières peines; car déja il n'est plus étranger aux
ennuis, déja il a connu la douleur.
Son avenir, cependant, s'offre à lui
revêtu du voile magique de l'illusion.
Il conçoit l'idée du bonheur, et cette
idée vient se lier en même temps au
desir de partager son existence avec
celle d'une femme selon son cœur. Il
se plaint doucement en lui-même de
n'avoir pas encore trouvé celle qui
doit réaliser tous les enchantements de
sa jeune imagination.

Pendant qu'il se laisse ainsi entraî-

8

ner à ses pensées, il aperçoit dans le
miroir des eaux une figure charmante
qui vient se placer à côté de la sienne.
Cette apparition merveilleuse lui rap-
pelle d'une manière confuse, et sans le
faire sortir de sa rêverie, la surprise
de notre premier père, si bien décrite
par le poëte d'Albion. Il ne sait s'il
veille réellement, ou s'il n'est point
abusé par un songe aimable; et, dans
la crainte de commettre la même im-
prudence que le chantre des Géorgi-
ques raconte d'Orphée ramenant Eurydice à la lumière, il n'ose tourner
la tête. Il reste donc sans mouvement,
les yeux attachés sur cet objet ravissant.

Ce n'étoit point un songe. L'attrait
de la solitude avoit conduit Dorothée
dans ce lieu. Elle s'étoit trouvée près

du jeune rêveur sans l'apercevoir; ensuite elle avoit craint de troubler la
méditation profonde dans laquelle il
sembloit plongé. Elle avoit été rete-
nue immobile, d'abord par l'étonne-
ment, et ensuite par une sorte de cu-
riosité qui s'étoit changée aussitôt en
un autre sentiment. Les deux char-
mantes créatures ne se voyoient point;
le ruisseau seul les montroit l'une à
l'autre. L'image d'Hermann sembloit
sourire à Dorothée, et lui dire en trem-
blant ces premières paroles de l'a-
mour, si bien comprises, quoique si mal
articulées: « Aimable fille, n'es-tu point
« un ange du ciel; ou Dieu me mon-
« tre-t-il en toi l'épouse qui embellira
« ma solitude, comme autrefois, dans
« Éden, il présenta à Adam sa belle
« compagne? » L'image de Dorothée

sembloit sourire en retour à l'heureux
Hermann, et lui dire, avec l'expression naïve de l'amour sanctifié par la
pudeur : « Noble jeune homme, je te
« choisis dès ce moment pour mon
« époux; je quitterai, quoiqu'en pleu-
« rant, la maison paternelle, pour être
« dans ta demeure la mère fortunée de
« tes enfants. »

Tel fut le muet langage que durant
cette douce extase les deux amants lu-
rent sur le visage l'un de l'autre, re-
flété dans le cristal de la fontaine.
Mais la scène enchantée, que je viens
d'esquisser si foiblement, n'étoit qu'u-
ne vaine illusion, car ces aimables
présages ne se sont point réalisés; et
une rencontre qui paroissoit devoir
être la source de tant de félicité n'a
produit que des larmes.

Ces figures sans réalité, ces images fantastiques du ruisseau, peignent d'une manière malheureusement trop exacte, ce que les espérances des mortels ont de vague et de fugitif. On ne fait que les apercevoir sans pouvoir les saisir, et elles s'écoulent bien vite. Ainsi, parmi les rares moments de bonheur qui composent nos tristes journées, il y en a qui, par le charme indéfinissable dont ils sont revêtus, ne peuvent point se comparer aux autres. Quelquefois il se trouve un seul de ces instants dans toute une vie. Alors la magie de ce moment isolé est au-dessus de l'expression du langage : on a peine à le concevoir; c'est comme un éclair sur notre existence. Mais, quoiqu'il ait passé comme une ombre rapide, l'impression qu'il a laissée en nous remplit encore, long-temps après, notre ame tout entière.

Je sais que le poëte qui a célébré l'histoire d'Hermann et de Dorothée, lui a donné un autre dénouement que celui que l'on vient de lire ; mais faut-il toujours croire les poëtes artisans de gracieux mensonges ? Ils se jouent sans remords de notre imagination si facile à se laisser séduire, et notre cœur s'abandonne sans méfiance à l'harmonie de leurs concerts. Habiles, quand ils le veulent, à mêler l'or et la soie au fatal tissu des Parques, ils savent prodiguer des trésors qui ne leur coûtent rien. Dieu qui leur donna une lyre d'or pour chanter les merveilles de la création, leur permit de s'en servir aussi pour endormir les ennuis des hommes.

~~~~~~

LA GRANDE CHARTREUSE,

PRÈS DE GRENOBLE, EN 1804.

Il est très difficile de donner une idée de la grande Chartreuse. C'est une gorge profonde et étroite où quatre mille arpents de terrain sont exactement fermés par une porte de deux toises. Un mur de rochers à pic forme l'enceinte de cette retraite. Il a fallu le génie de la religion et de la pénitence pour découvrir un lieu si caché. Un chemin, que la patience et le travail ont rendu très accessible, serpente le long des précipices. Un torrent, grossi de mille petits torrents, gronde au fond de cette gorge, qui,

pendant si long-temps, ne fut connue
sans doute que du chamois. Quelquefois les côtés opposés d'un profond
ravin sont réunis par des ponts; quelquefois des ouvrages en maçonnerie
s'opposent aux alluvions, ou soutien-
nent le chemin contre les éboulements
de la montagne; quelquefois le rocher
est taillé perpendiculairement, ou même percé dans son épaisseur.

Les Romains, avec des armées, ont
fait des travaux immenses pour établir
des communications entre leurs pro-
vinces, pour conduire les eaux dans
les lieux où ils s'arrêtoient quelques
instants, pour se procurer les commo-
dités de la vie, ou pour faire croire
aux âges futurs que des géants avoient
passé par-là. Ici, des hommes qui
avoient renoncé au commerce des au-

tres hommes, sont venus se confiner
loin du monde dont ils avoient appris
à craindre les piéges, ou à mépriser
les plaisirs. Ils n'ont point prétendu
étonner les siècles futurs : ils étoient
continuellement en présence de l'éternité; ils s'étoient exclus de la mémoire
des hommes. Ce qu'ils ont fait n'étoit
donc que pour obéir à ce terrible ana-
thème qui condamne au travail la
grande famille d'Adam. Comme les
premiers hommes, ils ont conquis, sur
la nature sauvage, la terre qui devoit
les nourrir. Ces âpres cimes sont cou-
vertes de bois de haute-futaie, et l'on
aperçoit, de temps en temps, diffé-
rentes sortes de culture étonnées de se
trouver parmi ces rochers.

Lorsqu'une fois on a franchi le seuil
de la porte qui sépare absolument cette

contrée du reste de la terre, on ne sait
où on arrivera. Il semble qu'on fasse
un long détour pour surprendre un
aigle dans son aire. Cependant, après
deux heures de marche, on commence
à apercevoir le couvent. On le voit
s'élever en amphithéâtre sur un pla-
teau de la montagne. Le défilé s'élar-
git, on n'est plus autant resserré entre
les rochers. A mesure que l'on appro-
che de la région du silence, tout bruit
cesse; et le torrent, dont on entendoit
tout-à-l'heure gronder avec fracas les
bruyantes eaux, coule à présent dans
un si profond abyme, que ses mugis-
sements n'arrivent point jusqu'à l'o-
reille : on le voit encore, mais on ne
l'entend plus; il semble respecter lui-
même l'austère règle de saint Bruno.

Le couvent est désert. L'herbe croît

dans les cours et sous les vastes cloî-
tres. L'église est dévastée. Comment ce
coin ignoré de la terre n'a-t-il pas
échappé à la rage dévastatrice des
hommes sans foi et sans loi? Ils sont
venus dans cette solitude; et, pour la
première fois, ces rochers ont connu
la voix de l'impie. Les bons religieux
abandonnent, en gémissant, ces pieu-
ses retraites où leurs longues journées
furent si doucement partagées entre
le travail et la prière. Étonnés de se
voir exilés dans le monde, ils cher-
choient à retrouver les souvenirs de
l'enfance, et à se rappeler les charmes
du toit paternel. Mais, soins super-
flus! tout change si souvent dans les
demeures des hommes!

Nous entrons dans les cellules des
chartreux: rien n'est plus touchant que

l'abandon de ces petites habitations.
On y retrouve encore les meubles de
l'ermite : quelques uns sont à la même
place où les laissa l'anachorète. Alors
on diroit que l'homme de Dieu vient
seulement de sortir. Le vent qui souffle sur ces hautes montagnes s'engouf-
fre par les fenêtres délabrées, et dis-
perse à son gré la paille du grabat.
Devant chaque cellule est un jardin
qui n'est pas plus grand que la cellule
elle-même : il est à présent dévoré par
les mauvaises herbes, car personne ne
vient ni le bêcher ni le sarcler ; et le
seul arbre fruitier qui s'élève au milieu
du jardin, s'il n'est pas mort par dé-
faut de culture, produit en vain ses
fruits délaissés.

On nous expliqua la manière dont
l'hospitalité étoit exercée autrefois, à

l'égard des étrangers qui venoient visiter ce lieu. Nous ne cessions de nous
étonner de ce que des religieux éloi-
gnés du monde en connoissoient si
bien les convenances les plus délica-
tes. Chaque voyageur étoit traité selon son rang, selon les mœurs et les
habitudes de sa nation. Chaque classe
d'hôtes avoit des appartements très
distincts. Tous les bâtiments sont dans
un état de délabrement qui fait gémir.

C'étoit une cité entière que la grande Chartreuse. Il y avoit des ateliers
où s'exerçoient différents genres de
professions et d'arts mécaniques; ils
étoient placés sur les bords d'un ruisseau, et séparés du couvent par le
même ruisseau.

Plus loin est la chapelle du fondateur de l'ordre : elle est assise sur un rocher près d'une source limpide, entre une belle prairie et une magnifique forêt. La tradition dit que saint Bruno, après avoir parcouru toutes ces hauteurs, s'étoit arrêté là où a été bâtie dans la suite la chapelle qui porte son nom. Sans doute, arrivé au fond de cette solitude, il avoit trouvé le désert assez désert; sans doute, il avoit vu par la pensée cette postérité spirituelle qu'il alloit engendrer à la perfection chrétienne : il s'étoit complu dans cette vue de l'avenir, dans cette perspective de sa silencieuse thébaïde s'avançant merveilleusement à travers les siècles. La chapelle, que la reconnoissance a consacrée à saint Bruno, est simple comme une petite église de hameau : elle a été respectée pendant

le temps de la révolution. On y voit
encore les sculptures, les statues et les
inscriptions dont les chartreux avoient
aimé à l'orner. Les monuments de la
piété de ces anachorètes ne sont re-
marquables ni par le fini du travail,
ni par la richesse de la matière. On y
remarque grossièrement sculptées en
bois les images de ces hommes de
l'ancienne loi, qui ont prédit la venue
de Jésus-Christ; et les paroles prophé-
tiques sont retracées sur le piédestal
de celui qui les prononça. Le rappro-
chement de ces textes sacrés est l'histoire anticipée du Desiré des nations.
C'étoit le juste qui devoit descendre
d'en haut comme la rosée du ciel. Il
devoit avoir la force pour conquérir
tous les royaumes de la terre; mais sa
force devoit être dans sa douceur, car

ses paisibles conquêtes ne devoient
coûter ni sang ni larmes. Il devoit res-
sembler au lion et à l'agneau. Il devoit avoir les caractères de la royauté,
et il devoit naître dans l'indigence.
Pour expier les folles joies et les vains
orgueils du monde, il devoit être
abreuvé de douleurs et d'ignominies.
Il sera de la race de David, il sera sou-
verain pontife, il sera roi; il sera sou-
mis aux puissances de la terre, il
mourra sur la croix, et ses vêtements
seront tirés au sort. Tels sont les ora-
cles des anciens jours, répétés dans
les jours nouveaux; et le Dieu caché
de nos autels est aussi le Dieu dont
Isaïe, Jérémie et David ont raconté
les grandeurs et les humiliations.

Nous avions rencontré plusieurs voyageurs, qui étoient venus, comme nous,

visiter la grande Chartreuse : nous
nous trouvâmes réunis auprès de la
fontaine de saint Bruno, ainsi qu'autrefois les pasteurs dans les plaines de
Sennaar. Nous admirions cette éton-
nante sympathie qui rassemble sous
les mêmes lois des hommes de goûts,
d'habitudes, de caractères si divers et
si opposés. Ils ont renoncé à la parole
et à tous les sentiments qu'exprime
la parole : ils n'ont de voix que pour
chanter les louanges de Dieu, les merveilles de la religion. Quelques uns de
ces anachorètes étoient venus ici avec
l'innocence du premier âge ; et, par
une inspiration secrète, ils avoient
deviné tous les pièges et tous les dan-
gers qui les attendoient dans le monde. D'autres avoient goûté ce que la
coupe de la vie a de plus doux et de

10

plus amer, et ils avoient été détrom-
pés. D'autres encore étoient venus expier les erreurs d'une jeunesse impru-
dente et orageuse.......

ADIEUX A ROME.

Juillet 1813.

Ville illustre entre toutes les villes,
adieu! Voyageur d'un moment, ne
ressemblé-je pas à ces autres voyageurs
qui sont nés sur ce sol, et qui y sont
morts? Mon voyage, qui n'a été qu'une
circonstance dans ma vie, est comme
leur vie entière. Voyageur d'un moment, donne-leur des larmes; car tu
ne peux leur donner que cela : donne-
leur des larmes en passant. C'est avec
leurs sueurs, c'est avec leur sang qu'ils
ont élevé tant de monuments, qu'ils
ont, pour ainsi dire, creusé cet abyme
d'admiration dans lequel tu te perds.
Chacune des pensées que tu as eues

leur a coûté du sang, des larmes, leur
vie. Ils sont morts de fatigue, de douleur, de misère, pour qu'un jour il te
fût donné de dire : Ville illustre entre
toutes les villes, adieu !

Ils ont été voyageurs, et je suis
voyageur. Ils ont senti, aimé, souffert.
Ils ont eu de courts plaisirs et de
longues peines. Ils ont passé. Je sens,
j'aime, je souffre comme eux. Comme
eux, j'ai de courts plaisirs et de longues peines. Je passerai comme eux.
Ils ont laissé des traces, j'en laisserai
aussi ; car quel est l'homme qui ne se
survit pas ? La différence est dans le
plus ou moins de durée des souvenirs. Qu'importe néanmoins que ces
souvenirs soient de quelques jours,
de quelques années, ou de quelques
siècles ? Le temps a subsisté après eux ;

mais il viendra un instant où le temps finira. Homère a devancé Virgile. Un grand poëte peut-être mourra la veille du dernier jour de l'univers. Son immortalité d'un jour aura été aussi longue que celle de Virgile et que celle d'Homère. Eh bien! je laisserai au moins un souvenir d'un jour; et pendant que l'herbe qui aura crû sur ma tombe se flétrira, on dira peut-être encore : Il s'est éteint comme se dessèche l'herbe qui a crû sur sa tombe.

Mais pourquoi cette immortalité d'un jour ne commenceroit-elle pas dès à présent? Ce seroit autant d'ajouté à la courte prolongation de mon existence fugitive. Ah! si un voyage est une image triste, mais parfaite de la vie, mon départ ne ressemble-t-il pas à une mort? Vous que j'ai rencon-

trés sur ce noble coin de terre, vous
avec qui il m'a été donné de rompre
le pain de l'étranger, accordez-moi
donc, je vous en conjure, accordez-
moi la douce hospitalité du souvenir.
Que je continue de vivre dans votre
pensée! Est-ce trop exiger? Non. L'in-
différence et l'oubli sont comme le
néant que se promet l'athée dans son
dernier asile. Et je ne puis me résoudre
à ne rien laisser après moi.

Les véritables monuments sont ceux
qui sont érigés dans le cœur de l'homme; car tout se passe au fond du cœur,
et la magie d'un beau jour, et la douceur d'un regard qu'animent des sentiments tendres ou élevés. C'est une
belle prérogative cependant que celle
de tout trouver en soi. Ville de souvenirs, ville veuve et déserte, tes soli-

tudes me plaisent; mais elles me plaisent, parcequ'elles peignent la misère
des destinées humaines. Je ne te de-
mande point que tu conserves quelque mémoire de moi. Je suis resté
étranger au milieu de tes ruines. ce
n'étoit pas toi que j'étois venu chercher. Je le sens, il manque déja des
cordes à ma lyre. La poésie et les arts
ne m'offrent plus que de foibles enchantements, et ont perdu tout pouvoir de me distraire et de m'exalter.
Ma vie s'est comme réfugiée dans mes
affections : elles seules peuvent me
faire jouir et souffrir. Ville illustre
entre toutes les villes, adieu!

Je me sépare sans peine de la ville
des Brutus et des Césars. Pour elle, ce
mot d'adieu sort de ma bouche sans
émouvoir mon cœur. Il n'en est pas

ainsi de la ville où saint Pierre vint en voyageur, seul, mais accompagné de la force de Dieu. Religion née dans un hameau, cachée ensuite dans des catacombes, puis éclatante parmi toutes les pompes du pouvoir, parmi toutes les merveilles des arts, que tu es belle! Que tu es belle dans la crèche de Bethléem, dans les cachots des martyrs, dans la basilique de saint Pierre! Ton deuil, religion de Jésus-Christ, religion du pauvre et du malheureux, véritable religion de l'homme, ton deuil est ta parure! Cette magnificence d'hier, et qui n'est plus aujourd'hui, ravit toutes les puissances de l'ame. Rome, qui fut la maîtresse du monde profane, restera la capitale du monde chrétien. Ville de saint Pierre, je ne te dis point adieu!

FIN.

112

www.ingramcontent.com/pod-product-compliance
Lightning Source LLC
Chambersburg PA
CBHW060434260626
47161CB00005B/1923